シルバー川柳 特別編

ババア川柳

人生いろいろ編

毒蝮三太夫

＋

みやぎシルバーネット

河出書房新社編集部

はじめに

シルバー川柳特別編の前作、『ババァ川柳　女の花道編』刊行から3年余り。皆さんの「次はないの？」の声にお応えして、ついにおばあちゃんだけの句を集めたババァ川柳第3弾、「人生いろいろ編」の登場です。

今回も毒蝮三太夫さんに愛ある毒舌コメントを全句に頂きました。マムちゃんもノリノリで入魂コメント♪「笑う門には福来る」……ババァの本音炸裂、川柳とコメントの合わせ技で、読者のババァもジジィも大笑い、そして時にはしみじみと、シルバー川柳のパワフルで自由な世界をお愉しみください。

『シルバー川柳特別編　ババァ川柳　人生いろいろ編』、さあ、幕が上がります!!

河出書房新社「シルバー川柳」編集部

令和にふたたび、毒蝮三太夫です。
俺とババァとの川柳のやりとりで、盛り上がろうぜ！

川柳って、ババァたちが元々持っていた本音や豊かな感情を解放させる力があるよな。

まさに、川柳の**言葉の力でババァの心のフタを開ける感じ**。

ラジオでさ、俺と関わってもいい、関わりたいというババァにマイクを向けると、待ってました！　って、ここぞとばかりに面白いこと言ってくれるんだ。本音を吐き出してスッキリして帰ってほしいよね。この本もおんなじだよ。ババァたちの面白い川柳を俺なりの言葉でさらに面白く盛り上げていく。それを読んだジジィババァが笑って、スッキリした気分になる。自分でも川柳を書きたいって思ったら、もっといいね。

ババァなんて呼んでいるけど、俺も80歳を超えて相手は年下ってことも多くなった。

「**歳を取ったら、古都になれよ！**　奈良や京都みてみろ、古い都だけど、みんな喜んでゾロゾロ遊びにくるだろ」って、みんなに言っているんだけど。

そして最近では、古都よりも**民芸品みたいな年寄り**になろうと言っているんだ。

民芸品は丸っこくて肌触りがいいだろ、使い勝手が良くて日常で使えて。花瓶だったら花を一輪飾っておきたくなるような、そんな可愛い愛される年寄りになれたらいいよな。


えっ、俺かい? 民芸品ってガラじゃない? そうだな、じゃあ**動くパワースポット**なんてどうだい(笑)。若い女子も年取った女子も俺のところに来い、でも間違っても決して拝むんじゃないぞ!

毒蝮三太夫(マムちゃん)

本書収録の川柳は、宮城県仙台市で発行されている高齢者向けフリーペーパー『みやぎシルバーネット』に連載の「シルバー川柳」、および河出書房新社編集部への投稿川柳作品から構成されました。

投稿者はみな、六十歳以上のシニアの方々です。お名前の下の年齢はその作品が投稿された時点のお年です。

また、今回は一冊まるごと「ババァ川柳」ゆえ、女性からの投稿作品のみ掲載いたしました。

シルバー川柳　特別編

ババァ川柳

人生いろいろ編

仏《ぶつ》壇《だん》に今でも好きとチョコを置く

松山敬子（78歳）

入れ歯は虫歯にならないから、生きているうちにチョコをあげよう。・・・チョコっとでいいからな！

chocolate

歯抜けババ
ウナギかトロよ
ファミレスで

嶋田幸子（79歳）

歯が無くたって、口から食べるのが一番。ウナギでもトロでもどんどん食べて精をつけて長生きしろよ！

男の目点にしてやる来世モナリザ

五十嵐かつ江（74歳）

どうせなら、男の目を線にしよう。ニッコリさせてやればいい！　来世はモナ・リザ風薄笑いでモテモテだな。

貯金より
先に溜《た》まった
皮下脂肪

佐藤和子（69歳）

脂肪届は役所に届けるのかい？　ありゃ、死亡届か（笑）。脂肪は溜め込むな、死亡リスクがあがるぞ。

背中かゆかゆ
寝床で婆《ばば》は
もだえてる

毎田至子（88歳）

同じもだえるんでも、歳を取るとこうも違うもんなんだな（笑）。

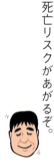

やっと出た
あとはすかさず
体重計

速水朝子（87歳）

夢もロマンもないが、実にさっぱりしたんだろう。体重計の数字を気にするあたり、女心を感じるね。

お互いに手押し車を自慢する

鈴木良子（76歳）

車椅子にならないように、手押し車を毎日押し歩きして、今のうちに足腰鍛えようぜ。

この白髪
歯止めがきかぬ
眉毛まで

鈴木みさ子（69歳）

眉毛、鼻毛はいいほうだ。そのうち、下の毛まで白くなってくるぞ。

風呂あがり
くもった鏡を
スルーする

伊藤みさを（81歳）

リアルに見えたらいいってもんじゃないよな。くもってなかったら、卒倒するかも（笑）。

胸よりは
出しゃばらないで
お腹《なか》押す

西村君子（88歳）

出しゃばる腹や胸が、あるうちゃいいよ。若いね〜。そのうち、しぼんで垂れちゃうんだから！

カシャシャシャシャ
シャシャシャシャ・・・・

手のふるえ
シニアスマホは
つい連写

谷口敏子（70歳）

連写でいいよ、失敗がないから。どれかひとつくらい、いいのがあるだろう。

だまって抱く
夫は大正生まれの
無骨者

山内賀代（89歳）

いつもそうやってだまって
いたのかな。いわぬが花だ
ね。

逝《い》った夫の
胸板恋し
夜の床《とこ》

山内賀代（89歳）

若いとき、もっと愛し合っ
ていたら良かったのにね。
もう胸板はないけど、まな
板なら台所にあるぞ。

こときれて知った男のかくし味

山根美智子（88歳）

深いな〜。『火曜サスペンス』っぽい話。女は怖い、いや、可愛いね。

ジジと孫《まご》
段違い
屁《へ》こき棒《ぼう》

今井艶子（85歳）

段違い平行棒？　屁こき棒かよ。歳取ると孫に勝てるの、これくらいしかなくなるもんなぁ。

孫まごと
していうちに
皆おとな

加藤舛江（77歳）

孫は3歳くらいまでに思いっきり可愛がっておこう！　それで満足、大満足。時は流れる、あの世は近づく。

ラインする
恋の相手は
よその爺《じじ》

杉本則子（77歳）

「私はあなた一人のものよ」なんて、そんなのこの世にはないからね！

内緒です
ヤキモチ焼きの
あなたには

宮川裕子（78歳）

夫から「俺にだって、言えないことが、沢山あらぁ」っていわれても、ヤキモチ焼くなよ。

孫に告ぐ
女は怖い
したたかよ

宮川裕子（78歳）

そんなこと、孫に言って聞かせたって、また繰り返すのさ。それで女の怖さを知っていくんだぞ。

ガンコ虫
ウールの上着に
かくし顔

鈴木喜巳子（85歳）

「うちの夫って、ガンコものだけど、笑うと可愛いのよ」……だろ？

選《よ》りに選《よ》り
射とめた獲《え》物《もの》は
あれですか？

山崎久美子（72歳）

もともとみんな、「あんなもの」さ。外れて当たり前。捕まえられただけでもよかったじゃないか！

ジジー人
社会の窓開け
不用心

氏家さゆき（90歳）

いまさら、誰も襲ってこねえから大丈夫。スースー風通し良くっていいじゃない。

ライバルに
あの日に戻って
譲りたい

山崎久美子（72歳）

意味深だね～。ライバルを蹴落としたってわけだ。でも、いまさら譲られてもな。

あなたゴメン
私これから
羽伸ばす

古賀けい子（77歳）

いままで旦那に尽くしてきたんだよな。遠慮はいらない、これからが自分の人生じゃないか。

断捨離《だんしゃり》で
ついに棄《す》てたよ
わが亭主

阿部澄江（65歳）

究極の断捨離だな。サッパリしたでしょ。いや、サッパリしすぎだよ！

あの世には
美人がいっぱい
一人逝《い》く

伊藤美重子（83歳）

美人薄命。良かったね、長生きで！　旦那はあの世で美人に囲まれてるぞ。しばらくゆっくりさせておけ。

主人逝《い》き
ヤッターこれから
私は自由ダ

煙石宏子（81歳）

旦那が生き返ってきたら、ショックだろうな。なんで未亡人って、みるみる元気になるんだろうね。

尿《にょう》意《い》来て
何で待てない
たったの五秒

大道満亀子（72歳）

「病院に行きなさい」。その5秒が、ごびょうき（病気）です。

おい病気
ばばのふんばり
なめんなよ

速水朝子（87歳）

その意気その意気！　その気持ちが日本を救う!!　病気に負けずにまだまだふんばれ！

カテーテル手術で生きる八十路《やそじ》坂《ざか》

尾崎サカエ（86歳）

命は尊い。高額医療はお金かかる。だから治せるもんは早めに治したほうが、自分のため、家族のためだ。

もみもみに今日も行くのと整骨院

鈴木佐知子（86歳）

若い時のもみもみを思い出しながら、若い男に「そこよ～そこそこ」って、もみもみしてもらおう。

同級生白髪かくして杖《つえ》をつく

海老原としの（86歳）

白髪染めで年齢を隠しても、杖をついていたら嘘つけない。足腰弱らないように、今日から俺と水中ウォークでもしてみるか！

汗出ぬと
嘆《なげ》く老女の
足浮《む》腫《く》む

渡部淳子（82歳）

むくみはつらいよな、見栄えも気になるし。でも、ガリガリの脚より、ふっくらしている脚の方がイイよ。

ブスというDNAに泣かされて

五十嵐かつ江（74歳）

美人で性格の悪い女より、ブスでも素直で笑顔な女がイイ。男は判っているからDNAが途絶えないのさ。

次の世は
男に生まれたい
女あきた

鈴木紀代子（79歳）

でも来世で男に生まれたら、また「女に生まれ変わりたい」と思うぞ。

いややけど
ボケの防止に
料理せな

櫛谷美枝子（74歳）

ボケ防止の料理って美味しいの
かな？　刺激的なスパイスが頭
にピリッときくのかい。

よせ鍋《なべ》に愛もひとさじトッピング

深沢きぬ子（74歳）

「人生は鍋だ！」そのココロは
「いつまでもグズグズいう」

お雑《ぞう》煮《に》も
宅配待って
一人鍋

窪田春子（85歳）

100歳時代の正月は、これが当たり前になるのかな。長生きもいいんだか、悪いんだか。

恵《え》方《ほう》巻《ま》き
ラッパ食いして
顎《あご》はずす

高橋徳子（87歳）

「ラッパ飲み」は知っていたけど、「ラッパ食い」か。「食い」だけに、「悔い」が残る。なんてね！

ああ加《か》齢《れい》
飯《めし》粒《つぶ》ポロリ
箸《はし》ポロリ

寺田初恵（89歳）

ついでに、涙もポロリ。
“生老病死《しょうろうびょうし》”枯れていくのが人生。人間最後はポロリだらけだ。

豆つぶに
つまずくこの足
いと悔し

佐藤由美（71歳）

豆につまずいたか……。お互い
マメに生きていこうぜ！

夏バテと
秋バテのり越え
生きている

門奈雅子（78歳）

冬バテ、春バテものり越えて、
バテバテ人生を楽しみましょう。

老後などありませんです老中よ

加藤笄江（77歳）

時代劇だと老中は偉い！　最後に狙うは大老だな。

古《こ》希《き》はまだ老女ではなく熟女です

福井光子（70歳）

いや、古希はまだまだ、半熟です。80代で熟女！　長生きして、しっかり熟せよ！

マドンナの変貌《へんぼう》がっかり傘寿会《さんじゅかい》

藤井ひろ子（85歳）

じゃあ次の同窓会は、仮面被って暗くしてやったらどうだ。お互いのために。

落葉掃《は》き せめてこれらが 紙《し》幣《へい》なら

宮川裕子（78歳）

この世に金の生《な》る木はない。落ち葉は肥料になるけど、紙幣は肥料にならない。落ち葉の方が尊いぞ。

おばあちゃん
呼ばれてムカつく
よその子に

山崎久美子（72歳）

慣れよう、現実に。いまさらお姉さんとは呼ばれないぜ。おじいちゃんと言われなかっただけマシだぞ！

「チコちゃん」にどやしてほしいことばかり

埴崎八重子（78歳）

先生も親も叱ってくれない世の中だからなぁ。チコちゃんに「ボーッと生きてんじゃねぇぞ！」って。

貯金より
薬の管理
してほしい

田中倶子（79歳）

要《い》らない薬もあるかも。
ちゃんと管理してクスリと
笑おう。

かけ持ちの
病院まわり
大変よ

佐藤裕子（94歳）

毎日が病院ツアーだと思お
うぜ！　楽しそうだろ。

高齢化おむつ会社の株を買う

飴山和恵（68歳）

年金だけじゃ、心細いもんな。おむつだけに「金」を漏らさないようにな。

グレイヘア白髪がモダンに変換し

藤井ひろ子（85歳）

近藤サトちゃんでブームになったね。美人だから白髪が似合う？　いや、笑顔がいいから似合うんだ。

秋風が
ガサガサ肌を
からかって

佐藤和子（69歳）

秋風にからかわれたのかい。冬風はもっと厳しいぞ。乾燥しないクリーム塗って、負けるなよ。

悪びれず レジで小銭を 探しだす

伊藤みさを（81歳）

消費税が10％になったら1円玉が少なくなるね。俺たち、キャッシュレス時代についていけるのかな。

後列の八十路《やそじ》の婆《ばあ》のフラダンス

渡部淳子（82歳）

振り返って顔を見るなよ。フラダンスは遠くから見るに限るなぁ！

フラダンス振っているはずの腰いずこ

谷口敏子（70歳）

フラダンスは腰の振りが大事らしいね。そのうち、普段から体が震えるようになるよ。

時《じ》短《たん》して素《す》っぴん隠すデカマスク

藤井ひろ子（85歳）

マスク取ったら、どんなに美人かなと思わせる。それが女の心理、女のテクニックだ。憎いね。

怠《なま》け癖《ぐせ》
それは私の
ゆとりです

宮川裕子（77歳）

モノも言い様だね。丸い卵も切りようで四角。そうそう、いい方に解釈すれば、世の中上手くいくぞ！

【ババァ川柳小特集】

90歳以上の方がよんだ川柳の部屋

「90歳？　まだ青春まっただ中よ！」
そんなババァパワーが炸裂する
90歳以上のお姉さま方の作品限定の
お部屋です。

ばあちゃんと呼ばれてからの不良道

氏家さゆき（90歳）

これまでまじめに生きてきたんだね。これからは好きなことだけしてわがままに生きていこう。

川遊び
楽しかった
ズロースで

堀江ふみゑ（99歳）

俺たちはズロースと聞いただけで、ドキッとするぜ。

人生の旅の終わりは丸裸

岩見弥生（91歳）

生まれた時の姿にかえったわけだ。いろいろ経験したカラダには、シワ一つ一つにも思い出があるね。

口さびし
口さびしとて
菓子集め

田中雪子（93歳）

もう年だから、糖尿も気にしすぎないで食いたいものを思いっきり食おう。

福豆ぽりぽり
鬼も逃げてく
歯が自慢

加藤孝子（94歳）

歯ハハハ歯！　歯が丈夫だと長生きするぞ〜。

バルサンの煙を吸って腰立たず

衛藤英子（92歳）

オレもバルタン星人には、さんざんやられたさ。あっ、バルサンか（笑）。

やっと診《み》る
2時間待って
腹を出す

高橋スマノ（92歳）

まったく最近の医者は「先生、パソコンばっかり見てないで、腹を割って向き合いましょう」って言いたくなるよな。

へー本当？
メールうてると
不思議がる

木村聡子（91歳）

実は、文字を書くよりメール打つほうが簡単だろ？　ボケ防止にもなるし。老眼鏡かけて挑戦しよう。

お化けとや
悪い気しない
我《われ》卒《そつ》寿《じゅ》

高橋知杏（90歳）

お化けはいいぞ。歳取らないし、腹も減らない。老後はこれに限るね。

先のない
人生なのに
なぜ笑う

高山きよ（93歳）

泣いても怒っても、どうにもならない。笑うしかないよな。

球児らの
どの子を見ても
我が好み

久慈レイ（91歳）

我々の時代だと、二枚目はみんな長谷川一夫か上原謙に見えるんだよな。

あら素《す》敵《てき》
昔だったら
アタックだ

松田暸子（92歳）

なになに、今だって遅くはないぞ。足腰が立てば、の話だけれどな（笑）。

四、五回も
遺書書いて
印押さず

村田春枝（93歳）

死んだ後のことが心配なのはよくわかる。でも、まずは今をどう生きるかを考えようぜ。

葬式の
金にするんよ
小銭ため

村田春枝（93歳）

棺桶《かんおけ》に入る時に着る白装束はたったの4千8百円と聞いたよ。それくらいで十分。心配するな。

目を閉じる
自分の最後
見てみたい

馬場加子（93歳）

オレだったら、しっかり目を開けて、自分の最後をみてみたいなぁ。

信号無視
平気でわたる
ババ元気

舘山みつ（85歳）

「何で赤信号でも渡るんだ」って聞いたら、「急いでいるからよ」って。それは地獄への近道だぞ。

免許返し
車庫広々と
八十《やそ》路《じ》坂《ざか》

尾崎サカエ（86歳）

ガレージセールにガレージカフェ。それにガレージ葬儀もいいなぁ。ガレージは色々、使えるね。

爺《じい》米《べい》寿《じゅ》
免許返納
昭和逝《い》く

尾崎サカエ（86歳）

車なくなったら、駅やバスの乗り場まで歩かなくちゃいけないね。令和の時代を歩こう、歩こう。

チビだから
つま立ち運動
おてのもの

吉田政子（83歳）

チビだといいことがいっぱいある。落ちているものも早く拾えるし、雨に濡れるのも遅いしね。

万歩計
足ぶみをして
数増やし

阿部澄江（65歳）

人生、要領がいいのはいいことだ。でも、たまには前へ進みましょう。

ここに置いた
鍵知らないか
犬に聞く

鈴木みさ子（69歳）

犬に聞くとは（驚）！　犬だけに、「犬（ケン）当違い」だよ。

チョロだけは
抱けとすり寄る
老いの身に

宮井逸子（90歳）

チョロとは、ペットの名前なのか男の名前なのか？それが問題だ!!

入浴後
浮力をつかい
立ちあがる

埴崎八重子（78歳）

いずれ、浮力で空まで飛んでいけるかもしれないぜ。そんな空想すると人生って楽しいネ。

これがホントの「長寿の湯」。

婆《ばば》長湯「生きとるんか」爺《じい》の声

尾崎サカエ（87歳）

又病院
ポイントあれば
貯《た》まるのに

松山敬子（78歳）

退院時にポイントがたまったから入院代をタダにします！ なんてサービスがあるといいな。

キャッシュレス
私ボツ後に
してほしい

門奈雅子（78歳）

「ハイ、お駄《だ》賃《ちん》」「お釣りはいらねぇよ」っていうやりとりがなくなっちゃう。昭和は遠くなりにけり。

今日旗《はた》日《び》
忘れ立ってる
医院前

増永祥子（74歳）

今は、国旗を立てている家がない。祝日忘れて病院にいっちゃうはずだよ。認知症じゃないから大丈夫だぞ。

歳《とし》聞かれ
相手の目がな
嘘と出る

杉田昌子（83歳）

年齢があるから、若いとか老けているとか、気になるんだ。人は見た目だ。気にせずいこう！

婆《ばあ》きれい
言われ嘘でも
紅《べに》変える

尾崎サカエ（87歳）

人はおだてて、のせるに限る。オレだって、ジョージ・クルーニーみたいって、言われたいもの。

お母さん
あんたの母さんちがう
息子の嫁

今井艶子（84歳）

嫁姑、バチバチ火花が
散ってそうだなぁ！
くわばらくわばら。

親バカか
四十路《よそじ》の我が子は
残り福

渡辺美恵子（71歳）

人生百年。親の心配は尽きないよな。果報は寝て待て！　きっといい人と巡り会えるぞ。

元カレに逢《あ》うとバアさん顔《かべ》ぬりか

今井艶子（84歳）

いまさら厚塗りしてもムダだよ。安心しろ、相手は目がかすんでいるからシミシワは見えないぜ。

友と逢《あ》う
ロマンの話に
エビス顔

海老原としの（86歳）

心は弁天さまか。恋バナは、金のかからない老後の楽しみだね。

貢《みつ》ぎつつ
これもボランティアと
高笑い

伊勢つね（101歳）

困った人に貢いであげるのはいいが、オレオレ詐欺にあわないように！　気をつけてくれよ。

ひげの老《ひ》人《と》
おそば食べたの
ついてるよ

勝又千恵子（78歳）

そばだけにツユ知らず。まさに悲劇（ヒゲき）だ（笑）。ひげジイと蕎麦を食べたら気をつけてあげよう。

禿《は》げたひと
陽気で好きと
云《い》っている

森岡麻子（78歳）

人間も天ぷらも、ハゲ（揚げ）
たてが一番いいんだぜ。

老いた声
初恋の彼
夢破れ

竹内光子（78歳）

相手も声聞いて、同じこと思ったかも。お互いが夢破れて引き分けだヨ。

独《ひと》り寝《ね》の
寒さがしみる
冷ふとん

古賀けい子（77歳）

夏だったら、ひんやりもいいんだけど。冬は家中の布団を総動員して風邪をひくなよ。

若き日は
心がしびれ
今手足

五十嵐かつ江（74歳）

GSにキャーキャー言ってしびれていた世代だね。手足のしびれもエレキで治療ができないかい。

親切も
積もり積もれば
お節介

堀場千代子（74歳）

その通り！　人にはほどほどの
親切を。自分へはもっともっと
親切にしてあげよう。

振り向けば人のお世話で終りそう

橋本眞澄（71歳）

この人はあの世でも人のお世話をしていそうだ。よく気が付く人なんだね。きっといいことが待ってるよ。

同窓会
どうや勝ったで
若く見え

杉田昌子（83歳）

若く見える人って、外見だけじゃない。内面が若いと、外見まで若々しく見えるから不思議だな。

教師より
禿《は》げてるアイツ
誰やねん

塩田苑子（87歳）

禿《は》げレース、ついに追いつき追い越したか。あいつ、いよいよゴールが近いぞ。

ダンゴ汁よくぞ育った同窓会

鈴木佐知子（86歳）

粗《そ》食《しょく》こそが健康の源だ！ オレも代用食で育った。ダンゴ汁、食べたいね。いまじゃ、ご馳《ち》走《そう》だ。

はーいもう
春ですようと
チューリップ

小野寺みつこ（73歳）

きれいな句だね。こっちも負けずに一生青春！　咲き続けましょう。

心中のおそうじ係りタメ息さん

鈴木喜巳子（85歳）

ため息は心のそうじか。世界中の人々が一斉にため息ついたら世の中きれいになるのかな。

再三と折れし心にギブスほしい

埴崎八重子（78歳）

ストレスに負けるな！　あんまりギブスに頼っていると、ギがとれてブスになっちゃうぞ。

夢の中
ハイヒールはき
闊歩《かっぽ》する

宮井逸子（89歳）

腰が曲がってハイヒールはいてるババァは見たことないな。危ないから夢の中だけにしておこう。

認知母
歌えば歌詞は
ミスもなく

信國つるみ（69歳）

そりゃそうだ！　健康なときに
覚えた歌だもん。

八《や》十《そ》路《じ》過《す》ぎ
ドミノ倒しと
なる体

浦田八重子（89歳）

ドミノ倒しはゴメンだ。笑い倒そう。病は気からっていうぞ。免疫細胞は笑うことで増えていくんだ。

長寿会
花柄《はながら》杖《つえ》の
品評会

岸岡八千代（87歳）

杖だけに、強（ツエ）え味方の品評会だ。派手な方が勝ち！

三婆の
井戸端会議
畑の中

渡部淳子（82歳）

井戸端がないから、畑の中で立ち話になるんだろう。かしまし婆《ババ》ァたち、にぎやかだろうな。

聞こえない
振りしなくても
聞こえてない

杉本則子（77歳）

悪口だけは聞き逃さない地獄耳のババァが多いが、聞こえない幸せもあるかもな。

サークルは
絵筆とめても
口とめぬ

伊藤文子（74歳）

半分、おしゃべりするために趣味の会に通っているのだからな。絵も人生もずっと、未完成だ!!

どっこいしょ
ふたりコーラス
日々平和

西村君子（88歳）

返句
「日々平和
ふたりコーラス
あの世まで」

合いカギを十ヶ造ると老いの友

久慈レイ（91歳）

用心に越したことない。心配だったら、100個あってもいいじゃない。

最近は朝寝昼寝し早寝する

松山敬子（78歳）

どうしてだろう。年々、よく寝るようになるんだよな。でもあの世にいったら、ずーっと寝ていられるぞ。

まだ逝《い》けぬ
カラオケランチ
楽しくて

勝又千恵子（78歳）

カラオケランチ、美味《おい》しそうだね。棺桶（カンオケ）ランチじゃなくてよかったヨカッタ。

DRINK

ヤカン買う
ピカピカピカッと
湯が立った

埴崎八重子（78歳）

ジィさんのヤカン頭もピカピ
カッと磨いてあげよう。

寒空に
一杯のコーヒー
ホッとする

中山千代子（81歳）

「一杯のコーヒーから
夢の花咲くこともある」
なんて歌も、子どもの頃、流行っ
たよな。

正座して
まじめに書いても
下手な文字

舘山みつ（85歳）

返句
「あぐらでも
ラクに書いてる
上手い文字」

転ぶなよ
言ってきかせて
転んでる

阿部澄江（65歳）

だから言ったじゃないか。
「転ばぬ先の杖《つえ》
転んだ後の通夜《つや》」

おはようと
云う相手なく
窓開ける

加藤舛江（77歳）

これからは「お休みなさい」も窓を開けよう。きっとご近所の誰かが安否確認してくれるぞ。

庭いじり
散らかしただけ
ギブアップ

門奈雅子（78歳）

庭いじりをしたんじゃない。「耕した」と思やぁいい。

連休も
いっさい成り行き
90才

斎藤恵美子（91歳）

談志が言っていたなぁ。「人生、成り行き」って。90歳の境地だったのか。

仲間らと主治医人数競いあい

伊藤みさを（81歳）

おいおい、医者は量より質だろう。数いりゃいいって、ものじゃない。

看護師さん まぶた引き上げ 薬さす

増永祥子（74歳）

引き上げてもらえるうちは、いいじゃないか。最期はまぶたを閉じるんだぞ。

銀河鉄道
ジイは旅路に
ババ残る

岸岡八千代（87歳）

三途《さんず》の川を渡ったとき、天《あま》の川で会えるだろう。

碁《ご》仇《がたき》の
訃《ふ》報《ほう》届くや
もう勝てぬ

田中倶子（79歳）

負けるが勝ちだと思うしかない。仇の方が人間がひとつ上手《うわて》だったんだな。

お位牌になってから行く息子宅

山内賀代（89歳）

深いね。もし息子に生前、邪魔にされていても、位牌は文句をいわねぇからね、どこに置いといても。

どこん家《ち》も
ドラマがあるよ
お月さま

勝又千恵子（78歳）

お月さまは人気があるね。月には行かれても、お日さまには行かれないもんな、熱すぎて。

老いひとり 朝《あさ》餉《げ》の 片《かた》目《め》目玉焼き

山内賀代（89歳）

淋しくないよな。毎朝、玉子が
片目つぶってウィンクしてくれ
るじゃないか。

時々はパン食にする仏様

埴崎八重子（78歳）

仏だけに、パン食だからってブツブツ（仏仏）いわねえだろう。お茶の代わりにスープかい？

住職が
唱える後ろで
身を案ず

伊藤みさを（81歳）

案ずるより産むが易し。何とかなるさ、と前向きに生きていくだけさ。

葬列で
なぐさめられてる
花粉症

山内賀代（89歳）

泣いても鼻水流しても目立たないからね。花粉症だけに、葬列に花を添えたというわけだ。

迎え火を
みあげる家族
夫《おれ》ここだよ！

鈴木紀代子（79歳）

野火の向こうで「昔とちっとも変わってないだろ、トシ取らないから〜」とか言っているだろう。

年の数豆を食べろは酷《こく》でしょう

速水朝子（87歳）

当たり前だよ、歯がないんだから。豆を粉にして飲んでみるか。イソフラボン！

100までは恋をしましょう恋ですよ

宮川裕子（78歳）

恋はいいよね、恋しちゃおう。でも100年の恋も冷めた、なんて、シビアに言われちゃうのも恋。

100才です
一人ものです
PR

堀江ふみゑ（99歳）

いいねいいね！　恋人求む!!
ナニかあったらフライデーされちゃおう。

先がない？
ならばここらで
大あぐら

福田ハナ子（100歳）

先がないからこそ、今日からは大あぐら。腰すえて遠慮しないで生きていこう。だっていずれは、大の字に。

聞いて聞いてマムちゃん！

仙台のシルバー川柳一家

中村家は川柳で今日も丁《ちょう》々《ちょう》発《はっ》止《し》！

嫁vs姑

夫vs妻

卒寿の中村佐江子さんは、川柳の達人おばあちゃん。
「マムちゃん、夫も嫁も締切をぜんぜん守らない。
今日もケンカしながら川柳創ってるっちゃ」。
マムちゃん、アドバイス待ってま〜す。

何だナンだ！
この家族すごいぞ！

毎日、ジジババヨメで川柳合戦！

中村佐江子さん、夫の弘道さん、嫁の勇子さんは、仙台「シルバーネット新聞」の川柳コーナーで特選や入賞を重ねている川柳一家です。今日もお題を中心に盛り上がっています。

シルル川の達人佐江子さんに質問。家族の日常や上手によむコツを教えて!

私、病気の問屋なの。心不全に腎不全、救急車で運ばれて4ヶ月半も入院したほど。そのとき天国の階段を踏み外したみたい(笑)。ペースメーカーをつけて退院したら、書けなくなっていた文字が突然、書けるようになった。まっすぐには書けないけど、仕方ないよね。

退院してからは歩くことができないから、1日中、机に向かって書いているっちゃ。帳面に思いついた川柳を毎日、書き留めておく。チラシさ折って、ノートつくっちゃう。飽きっぽいんだけど、川柳は続いているよね。お題が出たら、すぐ考えて書く! 早いんだ。でも、お父さんも勇子さんも遅くって、締切ギリギリまで作らないの。お父さんが、「4つしかできない」っていうから、「じゃあ、私の1つあげようか」っていうと、「いらない!」って。家族で「それ、川柳になるよ」「こうして5・7・5にしてみて」って教え合ってます。

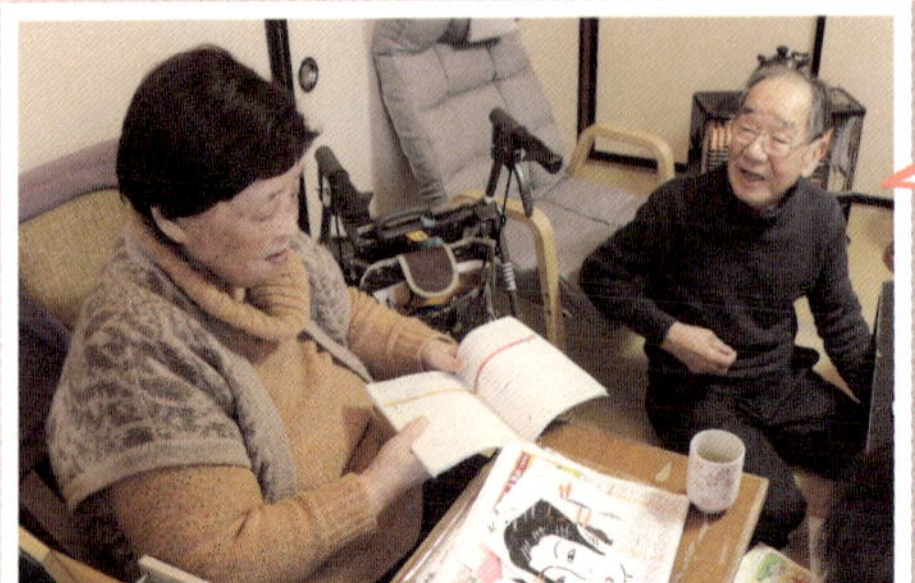

家内と川柳仲間で
友愛会を
作っています。

お父さんにお尋ね。どんなときに川柳をよみますか？

旅行のときだね。私は家内の両足になり、家内は私の耳になって、青森から埼玉までドライブしたの。旅行は年に3回くらい。家内の車椅子を押しながら川柳の話をしているよ。青森はよかったな〜。

お嫁さんの勇子さんは、どんな時に川柳をよみますか？

普段は7人分のごはん作りに孫の弁当作り。週末は9人くらいになることも。忙しいけど家事をやりながら、お題を考えています。

お義母さんは、影見ないでいいとこだけ見ている。ユーモアで笑いに変えちゃう。アドバイスも上手で、人が寄ってきますね。お義母さんの川柳はすごいな、まだまだ、かなわないなぁと思います。

マムちゃんより一言

年寄りは足腰立たなくたって役に立つ！　昔からの知恵があるからね。デイサービスで友人をどんどん誘って、川柳友だちを増やしているんだって？　すげぇ達人ババァだな！　偉い、偉い。

お義母さんの創る川柳はすごいなぁって。

消しゴム判子を押したりワープロで打ったりして会報誌創り。

ババ
佐江子さんの作品

金がお題になると、みんなで
「金、できた？」なんて
言い合って川柳を創ってる。
仲間が入選するとうれしいのよ。

天国へ
あと一歩のとこで
踏み外し

年号が
変わったら私
ボケないか？

総入歯
体重計から
引いて出す

赤パンツ はいてみたけど 運が来ん

マムちゃんより一言

「運が来ん」とは便秘なのかな(笑)。念ずれば通ず！ 病気しても、なんどでも復活しろよ。仲間が待っているぞ。ペースメーカーで100才まで不死鳥だぁ。

嫁

勇子さんの作品

予想以上に長く続く介護。
すでに老老介護に……。
お義母さんを見習って
川柳で気分転換しながら
家族の時間を楽しんでいます。

姑《しゅうとめ》とて
まだ逝《い》かせない
嫁心

大家族
みんな無職で
飯三度

マムちゃんより一言

「働かざる者、食うべからず」なんて、もう死語だ。一生懸命働いた人は、老後、年金で食える、これが理想だよ。そして、この家は、嫁さんが偉いな。

ジジ

弘道さんの作品

家内が寝たきりにならなくて
よかった。家の中の移動は
たいへんだけど、
出来るだけ手伝っている。
家内と一緒に川柳を
創っていると楽しいよ。

電話口 恋に夢中と 言ってやる

勢いの ついたライバル 葬らん

マムちゃんより一言

カラオケも、ゲームも、
上手いやつは妬《ねた》ましい！
男の嫉妬は骨になるまで。
でも、「人を呪《のろ》わば穴ふたつ」。
誰かの足をひっぱれば、それは、
ホームラン（葬らん）じゃなくて、
三振アウト！

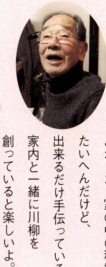

みやぎシルバーネット
一九九六年に創刊された高齢者向けのフリーペーパー。主に仙台圏の老人クラブ、病院、公共施設等の協力を得ながら毎月三六〇〇〇部を無料配布。高齢者に関する特集記事やイベント情報、サークル、遺言相談、読者投稿等を掲載。
http://silvernet.la.coocan.jp/

千葉雅俊　『みやぎシルバーネット』編集発行人
一九六一年、宮城県生まれ。広告代理店の制作部門のタウン紙編集を経て、独立。情報発信で高齢化社会をより豊かなものにしようと、高齢者向けのフリーペーパーを創刊。選者を務めた書籍に『笑いあり、しみじみあり　シルバー川柳』『笑いあり、しみじみあり　シルバー川柳　一期一会編』『笑いあり、しみじみあり　シルバー川柳　人生劇場編』『笑いあり、しみじみあり　シルバー川柳　元気百倍編』『笑いあり、しみじみあり　シルバー川柳　一笑青春編』（小社）、『シルバー川柳　孫へ』（近代文藝社）。著書に『みやぎシニア事典』（金港堂）などがある。

イラスト	もりいくすお
ブックデザイン	GRiD
撮影（P132 ～ 139）	千葉雅俊
編集協力	毛利恵子（株式会社モアーズ） 忠岡 謙　（リアル）
Special thanks	みやぎシルバーネット「シルバー川柳」読者、投稿者の皆様。 河出書房新社編集部に作品投稿してくださったシルバーの皆様

シルバー川柳　特別編
ババァ川柳　人生いろいろ編

二〇一九年九月二〇日　初版印刷
二〇一九年九月三〇日　初版発行

著者　毒蝮三太夫
みやぎシルバーネット、河出書房新社編集部

発行者　小野寺優
発行所　株式会社河出書房新社
〒一五一－〇〇五一
東京都渋谷区千駄ヶ谷二－三二－二
電話　〇三－三四〇四－一二〇一（営業）
〇三－三四〇四－八六一一（編集）
http://www.kawade.co.jp/

組版　GR・iD
印刷・製本　三松堂株式会社

Printed in Japan　ISBN 978-4-309-02827-9

河出のシルバー川柳の本

第9弾
笑いあり、しみじみあり シルバー川柳
宴たけなわ編
02660-2

第10弾
笑いあり、しみじみあり シルバー川柳
百歳バンザイ編
02731-9

第11弾
笑いあり、しみじみあり シルバー川柳
大安吉日編
02791-3

第12弾
笑いあり、しみじみあり シルバー川柳
こんにちは令和編
02818-7

マムちゃんの毒舌＆愛情コメント付き

シルバー川柳特別編
ババア川柳
02292-5

シルバー川柳特別編
ババア川柳 女の花道編
02458-5

シルバー川柳特別編
ジジイ川柳
02405-9

お近くの書店さんでお求めください。
※店頭に在庫がない場合は、お取り寄せもできます！